JAMES

Yn seiliedig ar *The Railway Series* gan y Parch. W. Awdry

Darluniau gan
Robin Davies a Creative Design

RILY

TOMOS A'I FFRINDIAU

"i Daniel, Luc a Josh"

Cyhoeddwyd yr argraffiad Saesneg gwreiddiol yn gyntaf yn 2003
gan Egmont UK Limited, 239 Kensington High Street,
Llundain, W8 6SA gyda'r teitl *James*.

Thomas the Tank Engine & Friends™

CREATED BY BRITT ALLCROFT

Cyfieithiad gan Elin Meek

ISBN 978 1 904357 11 7

Cysodwyd gan Wasg Dinefwr, Llandybïe, Sir Gaerfyrddin

Cyhoeddwyd gan Rily Publications Ltd
Blwch SB 20, Hengoed, CF82 7YR

www.rily.co.uk

Argraffwyd a rhwymwyd ym Mhrydain
gan Argraffwyr Cambrian, Aberystwyth, Ceredigion, SY23 3TN.

AT Y TRENAU
TO THE TRAINS →

Dyma stori am James yr Injan Goch.

This is a story about James the Red Engine.

Pan gyrhaeddodd gyntaf ar ynys Sodor, roedd e mor brysur yn meddwl am ei baent coch llachar fel na fuodd hi'n hir cyn iddo fynd i helynt mawr.

When he first arrived on Sodor, he was so busy thinking about his shiny red paint that he soon got into lots of trouble.

Ro'n i'n meddwl y byddai'n rhaid i mi ei anfon i ffwrdd . . .

I thought I might have to send him away . . .

Injan newydd oedd James, a chot o baent coch sgleiniog ganddo. Roedd ganddo ddwy olwyn fach yn y blaen a chwe olwyn yrru y tu ôl. Roedden nhw'n llai nag olwynion Gordon, ond yn fwy na rhai Tomos.

James was a new engine, with a shining coat of red paint. He had two small wheels in front and six driving wheels behind. They were smaller than Gordon's, but bigger than Thomas's.

"Injan 'cerbydau cymysg' arbennig wyt ti," meddai'r Rheolwr Tew wrth James. "Mae hynny'n golygu dy fod ti'n gallu tynnu cerbydau neu dryciau."

"You're a special 'mixed traffic' engine," The Fat Controller told James. "That means you can pull either coaches or trucks."

Teimlai James yn falch iawn.

James felt very proud.

Dywedodd y Rheolwr Tew wrth James, "Heddiw, mae'n rhaid i ti helpu Edward i dynnu cerbydau."

The Fat Controller told James that today he was to help Edward pull coaches.

"Mae'n rhaid i ti fod yn ofalus gyda cherbydau," meddai Edward. "Dydyn nhw ddim yn hoffi cael eu taro. Os byddi di'n eu taro, fe fyddan nhw'n mynd yn flin a chrac."

"You need to be careful with coaches," said Edward. "They don't like getting bumped. If you bump them, they'll get cross."

Ond roedd James yn meddwl am ei got goch sgleiniog, a doedd e ddim wir yn gwrando.

But James was thinking about his shiny red coat and wasn't really listening.

Aeth James ac Edward â'r cerbydau at y platfform. Daeth criw o fechgyn draw i edmygu James.

James and Edward took the coaches to the platform. A group of boys came over to admire James.

"Wel wir, dwi'n injan wych," meddyliodd James, a gollwng ffrwd fawr o stêm. W h î î î î î s h! Neidiodd pawb, a chwympodd cawod o ddŵr ar ben y Rheolwr Tew, gan wlychu'i het newydd!

"I really am a splendid engine," thought James, and he let out a great w h e e e e e e s h of steam. Everyone jumped, and a shower of water fell on The Fat Controller, soaking his brand new top hat!

Meddyliodd James y byddai'n well iddo adael ar frys cyn iddo fynd i helynt, felly symudodd i ffwrdd o'r platfform.

James thought he had better leave quickly before he got into trouble, so he pulled away from the platform.

"Gan bwyll!" pwffiodd Edward. Doedd e ddim yn hoffi cychwyn yn gyflym.

"Slow down!" puffed Edward, who didn't like starting quickly.

"Rwyt ti'n mynd yn rhy gyflym, rwyt ti'n mynd yn rhy gyflym," cwynodd y cerbydau.

"You're going too fast, you're going too fast," grumbled the coaches.

Pan gyrhaeddodd James yr orsaf nesaf, gwibiodd heibio i'r platfform. Roedd yn rhaid i'w Yrrwr fynd am yn ôl fel bod y teithwyr yn gallu mynd oddi ar y trên. "Fydd y Rheolwr Tew ddim yn hapus pan fydd e'n clywed am hyn," meddai ei Yrrwr.

When James reached the next station, he shot past the platform. His Driver had to back up so the passengers could get off the train. "The Fat Controller won't be pleased when he hears about this," his Driver said.

I ffwrdd â James ac Edward unwaith eto, a dechrau dringo bryn. "Mae'n hynod o serth, mae'n hynod o serth," pwffiodd James.

James and Edward set off again, and started to climb a hill. "It's ever so steep, it's ever so steep," puffed James.

O'r diwedd cyrhaeddon nhw ben y bryn, ac aros yn yr orsaf nesaf. Roedd James yn anadlu mor drwm nes iddo ddechrau igian, a chodi ofn ar hen wraig a ollyngodd ei pharseli i gyd ar lawr.

At last they got to the top, and pulled into the next station. James was panting so much that he got hiccups, and frightened an old lady, who dropped all her parcels.

"O diar. Fe fydd y Rheolwr Tew hyd yn oed yn fwy crac nawr!" meddyliodd James.

"Oh, dear. The Fat Controller will be even crosser now!" thought James.

Y bore wedyn, roedd y Rheolwr Tew yn gas iawn wrth siarad â James. "Os nad wyt ti'n dysgu ymddwyn yn well, fe fydda i'n tynnu dy got goch ac yn dy baentio di'n las!" rhybuddiodd. "Nawr i ffwrdd â ti – dos i nôl dy gerbydau."

The next morning, The Fat Controller spoke to James very sternly. "If you don't learn to behave better, I shall take away your red coat and paint you blue!" he warned. "Now run along and fetch your coaches."

Roedd James yn teimlo'n flin a chrac. "Ddylai injan goch wych fel fi ddim gorfod nôl ei cherbydau ei hun," meddai o dan ei anadl.

James felt cross. "A splendid red engine like me shouldn't have to fetch his own coaches," he muttered.

"Fe ddangosa i iddyn nhw sut i dynnu cerbydau," meddai wrtho'i hun, ac i ffwrdd ag e nerth ei olwynion. Cwynodd y cerbydau, a grwgnach wrth iddyn nhw fynd yn eu blaenau bwmp-di-bwmp. Ond roedd James yn gwrthod arafu.

"I'll show them how to pull coaches," he said to himself, and he set off at top speed. The coaches groaned and protested as they bumped along. But James wouldn't slow down.

O'r diwedd roedd y cerbydau wedi cael digon. "Rydyn ni'n mynd i stopio, rydyn ni'n mynd i stopio!" gwaeddon nhw. Er iddo wneud ei orau glas, sylweddolodd James ei fod yn arafu o hyd.

At last, the coaches had had enough. "We're going to stop, we're going to stop!" they cried, and try as he might, James found himself going slower and slower.

Stopiodd y Gyrrwr y trên a mynd allan. "Mae'r beipen yn gollwng," meddai. "Roeddet ti'n taro'r cerbydau'n ddigon caled i wneud i unrhyw beth ollwng!"

The Driver halted the train and got out. "There's a leak in the pipe," he said. "You were bumping the coaches hard enough to make a leak in anything!"

Dwedodd y Gard wrth y teithwyr i gyd am fynd allan o'r trên. "Chi, syr, rhowch garrai eich esgid i mi," meddai wrth un ohonyn nhw.

The Guard made all the passengers get out of the train. "You sir, please give me your bootlace," he said to one of them.

"Na wnaf, wir!" atebodd y teithiwr.

"No, I shan't!" said the passenger.

"Os felly, fe fydd yn rhaid i ni aros lle rydyn ni," meddai'r Gard.

"Well then, we shall just have to stop where we are," said the Guard.

Felly cytunodd y dyn i roi carrai ei esgid i'r Gard. Defnyddiodd y Gard y garrai i glymu papur newydd o gwmpas y twll rhag i'r beipen ollwng.

So the man agreed to give his bootlace to the Guard. The Guard used the lace to tie a pad of newspapers round the hole to stop the leak.

Nawr roedd James yn gallu tynnu'r trên unwaith eto. Ond roedd e'n gwybod y byddai'r Rheolwr Tew yn rhoi clamp o helynt iddo.

Now James was able to pull the train again. But he knew he was going to be in real trouble with The Fat Controller this time.

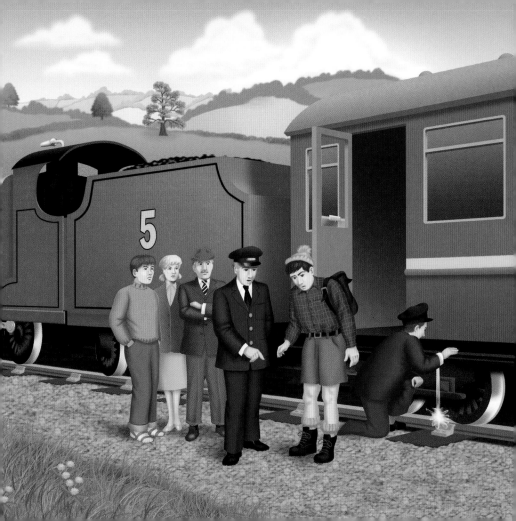

Pan gyrhaeddodd James yn ôl, roedd y Rheolwr Tew'n wyllt gacwn.

When James got back, The Fat Controller was very angry with him indeed.

Am yr ychydig ddyddiau nesaf, cafodd James ei adael ar ei ben ei hun yn y sied. Chafodd e ddim gwthio cerbydau a thryciau yn yr Iard, hyd yn oed.

For the next few days, James was left alone in the shed in disgrace. He wasn't even allowed to push coaches and trucks in the Yard.

Teimlai'n drist dros ben.

He felt really sad.

Yna un bore, daeth y Rheolwr Tew i'w weld. "Dwi'n gweld ei bod hi'n ddrwg gen ti," meddai wrth James. "Felly fe hoffwn i ti dynnu ychydig o dryciau drosta i."

Then one morning, The Fat Controller came to see him. "I see you are sorry," he said to James. "So I'd like you to pull some trucks for me."

"Diolch, syr!" meddai James, ac i ffwrdd ag e'n hapus dan bwffian.

"Thank you, sir!" said James, and he puffed happily away.

"Dyma dy dryciau di, James," meddai injan fach. "Oes gen ti gareiau esgidiau rhag ofn?" Ac i ffwrdd ag ef, dan chwerthin yn ddigywilydd.

"Here are your trucks, James," said a little engine. "Have you got some bootlaces ready?" And he chuffed off, laughing rudely.

"O! O! O!" meddai'r tryciau wrth i James ddod am yn ôl tuag atyn nhw. "Injan go iawn rydyn ni eisiau, nid Bwystfil Coch."

"Oh! Oh! Oh!" said the trucks as James backed down on them. "We want a proper engine, not a Red Monster."

Chymerodd James ddim sylw, a thynnodd y tryciau gwichlyd allan o'r Iard.

James took no notice, but pulled the screeching trucks out of the Yard.

Dechreuodd James dynnu'r tryciau i fyny'r bryn, gan bwffian yn drafferthus.

James started to heave the trucks up the hill, puffing and panting.

Ond hanner ffordd i fyny, dyma'r deg tryc olaf yn torri'n rhydd ac yn rholio'n ôl i lawr unwaith eto. Caeodd Gyrrwr James y stêm. "Fe fydd yn rhaid i ni fynd i'w nôl nhw," meddai wrth James.

But halfway up, the last ten trucks broke away and rolled back down again. James's Driver shut off steam. "We'll have to go back and get them," he said to James.

Aeth James am yn ôl yn ofalus i lawr y bryn i gasglu'r tryciau. Wedyn i ffwrdd ag ef eto dan chwibanu.

James backed carefully down the hill to collect the trucks. Then with a 'peep peep' he was off again.

"Dwi'n gallu'i wneud e, dwi'n gallu'i wneud e," pwffiodd, yna . . . "Dwi wedi'i wneud e, dwi wedi'i wneud e," meddai gan anadlu'n drwm wrth fynd dros ben y bryn.

"I can do it, I can do it," he puffed, then . . . "I've done it, I've done it," he panted as he climbed over the top.

Pan gyrhaeddodd James yn ôl i'r orsaf, roedd y Rheolwr Tew'n hapus iawn. "Rwyt ti wedi gwneud i'r Tryciau mwyaf Trafferthus ar y lein ymddwyn yn dda," meddai. "Ar ôl hynna, rwyt ti'n haeddu cadw dy got goch!"

When James got back to the station, The Fat Controller was very pleased with him. "You've made the most Troublesome Trucks on the line behave," he said. "After that, you deserve to keep your red coat!"

Roedd James wrth ei fodd. Roedd e'n mynd i fwynhau gweithio ar Reilffordd y Rheolwr Tew wedi'r cwbl!

James was really happy. He knew he was going to enjoy working on The Fat Controller's Railway!